Le
du samouraï

GÉRALDINE MAINCENT

ILLUSTRATIONS
DE DANKERLEROUX

Chapitre 1

Le jour se levait à peine sur
la campagne japonaise. Miyamoto
et son fils, Hiro, trottaient pourtant
depuis un bon moment sur
leurs chevaux. Un long
voyage les attendait, pour
lequel ils s'étaient
levés très tôt…

Miyamoto était un grand samouraï, le plus grand samouraï de tous les temps. Il n'avait été blessé qu'une seule fois, et encore, c'était au petit doigt. Mais il se faisait vieux. C'était au tour de son fils de lui succéder.

Avant cela, Miyamoto tenait à livrer un dernier combat : il allait retrouver celui qui avait osé le blesser autrefois.

Tandis qu'ils approchaient de la forêt,
Hiro se mit à ronchonner :
— Père, j'ai faim ! Je mangerais
bien un faisan ou une perdrix…
Miyamoto arrêta son cheval.

Il empoigna son sabre,
puis se ravisa :

— Un bon samouraï est avant tout
un bon chasseur. Va donc chercher
ton repas toi-même,
mon garçon.
Hiro sortit son petit couteau
et pénétra dans la forêt.

Quelque temps plus tard,
Hiro annonça fièrement
à son père :
– Père, regardez ce que
je rapporte !
Ce n'était ni un faisan ni une perdrix
mais… une jolie flûte en bambou !
Hiro l'avait taillée lui-même avec
son petit couteau.

Miyamoto grogna :
– Comment ! Tu préfères
la musique à la chasse ?
Ce n'est pas comme ça que
tu deviendras samouraï,
mon garçon…
Penaud, Hiro cacha alors
la flûte dans la manche
de son kimono.

Chapitre 2

À mi-chemin, Hiro et Miyamoto
décidèrent de faire une pause près
d'un étang.

C'était l'automne, et l'eau était encore
couverte de lotus blancs.

Hiro détacha son cheval en disant :

— Bois, tu l'as bien mérité !

Et il cueillit quelques fleurs

de lotus blanc.

– Comment! s'écria son père.
Tu ne sais donc pas que le lotus
blanc est un poison?
Ce n'est pas comme ça que tu
deviendras samouraï, mon garçon…
Soudain, un terrible orage éclata.
Vite, vite! Hiro et Miyamoto
repartirent au galop.

C'est alors qu'Hiro hurla :
– Père, je vais tomber !
La bride de ma sandale
est cassée !
Sans dire un mot, son père lui montra
du doigt un champ de blé.

Hiro descendit de sa **monture**
et ramassa de la paille pour réparer
sa sandale. Mais il n'était pas
plus doué pour tresser une bride
que pour chasser. À la place, donc,
il tressa un joli collier.

Cette fois, Miyamoto **explosa** :

– Décidément, ce n'est pas
comme ça que tu deviendras
samouraï, mon garçon !

Ils arrivèrent enfin à l'auberge
où Miyamoto avait été blessé
il y avait de cela bien des années.
Le samouraï se tourna vers son fils :
– Je dois prendre des forces pour
mon dernier combat.
Mangeons d'abord
un bon repas.

Chapitre 3

L'auberge était pleine de monde.
Au fond de la salle, Miyamoto
reconnut son adversaire,
Katsuo. Sa longue barbe
noire était devenue toute
blanche. Katsuo avait
vieilli, lui aussi…

Le deux samouraïs se **défièrent** longuement du regard.

Quand Miyamoto remit le nez dans son assiette, il rugit :

– Où sont passées mes boulettes de riz ? Il y en avait trois ! Il n'en reste qu'une demie !

Hiro posa son bol de soupe,
puis s'écria :
– Là ! Regardez !

Un rat dodu se léchait
les babines.
Quelle panique aussitôt dans
l'auberge !

L'aubergiste se mit à crier :

– S'il y a un samouraï dans la salle, qu'il nous débarrasse de cet animal !

Miyamoto et Katsuo attrapèrent aussitôt leur sabre. Mais le rat était plus vif encore…

L'animal bondit sur la droite. Miyamoto l'imita, mais aussitôt s'essouffla. À son âge, le cœur ne résiste pas.

L'animal bondit sur la gauche. Katsuo le suivit, mais le perdit aussitôt de vue. À son âge, les lunettes ne suffisent plus…

Hiro en profita pour saisir sa chance.

       – Père, Laissez-le-moi !
Ce rat ne m'échappera pas !
De la manche droite de
son kimono, il sortit sa petite flûte
et se mit à jouer.

Attiré par la musique,
le rat s'avança vers lui.

De sa manche gauche, Hiro
sortit ensuite une fleur
de lotus blanc cueillie
près de l'étang. Il l'agita
sous le museau de l'animal.

Le rat renifla
le poison…
et s'endormit
aussitôt.

Hiro n'eut plus
qu'à passer son
collier de paille tressée
autour du cou dodu. Et l'animal
fut capturé.

Miyamoto avait gardé la main
sur son sabre. Au lieu de le ranger,
il le pointa vers Hiro :
– Ce sabre est à toi désormais, mon
garçon ! Tu as été vif, agile
et rusé. Ce sont les trois qualités
qu'un samouraï doit posséder.

Katsuo ajouta :

— Tu nous as donné
une belle leçon.
Te voilà digne
de nous succéder.

Ce jour-là, Miyamoto renonça à son
dernier combat. Son fils, Hiro, devint
samouraï, et jura que personne,
jamais personne ne le toucherait…
Pas même au petit doigt !

Fin

© 2012 Éditions Milan
300, rue Léon-Joulin, 31101 Toulouse Cedex 9 – France
www.editionsmilan.com
Loi 49.956 du 16.07.1949 sur les publications destinées à la jeunesse.
Dépôt légal : 1er trimestre 2016
ISBN : 978-2-7459-5780-1
Imprimé en France par Pollina - L74915D

Ce titre est une reprise du magazine *J'apprends à lire* n°111.